GAME
Lust ohne Liebe

3

Mai Nishikata

INHALT

Spiel 010

GAME
Lust ohne Liebe

Hey!
Komm mir
an so einem
Ort nicht
so nahe!

...?

Was soll
plötzlich
das ernste
Gesicht
...?

Lass uns
endlich
weiter-
gehen!

Ruck

Ja.

Ich
wünschte,
der Abend
würde schnell
kommen.

Katschack

Die Se-rie, von der Frau Eshima gesprochen hat, fängt an.

Sehen wir sie uns an?

Äh...

Keine Lust...

Danke...

...dass ich duschen durfte.

Kein Thema.

Ich möchte am liebsten direkt mit dir ins Bett.

Du siehst niedlicher aus, als ich es mir vorgestellt habe.

Na klar ...

Und jetzt hab ich ein Problem.

Was ist?

»Du siehst niedlicher aus ...

...

Er sagt echt ständig, ich wäre niedlich.

Na ja ...

Es fühlt sich allerdings an, als würde er mit einer Katze reden.

... als ich es mir vorgestellt habe.«

Ah ...!

Ich kann nicht mehr aufhören.

Es geht nicht.

Mein Mann ...

Nicht!

Na ja, in anderen Ländern mag so was vielleicht gang und gäbe sein ...

Ich versteh's nicht.

Was soll daran denn bitte interessant sein?

Nie im Leben hätte ich gedacht ...

Dabei wirkt es doch so, als hätte er keinerlei Moralvorstellungen.

... dass er mir in der Hinsicht recht gibt.

... gehöre ich ganz dir, Sayo.«

»Außerdem ...

Glaubst du mir jetzt endlich?

Es scheint dein Ernst gewesen zu sein, als du sagtest, für dich gebe es momentan ...

... nur mich.

Denke schon.

Diese
Eigen-
schaft
an dir
...

...
könnte
ich glatt
anfangen zu
mögen.

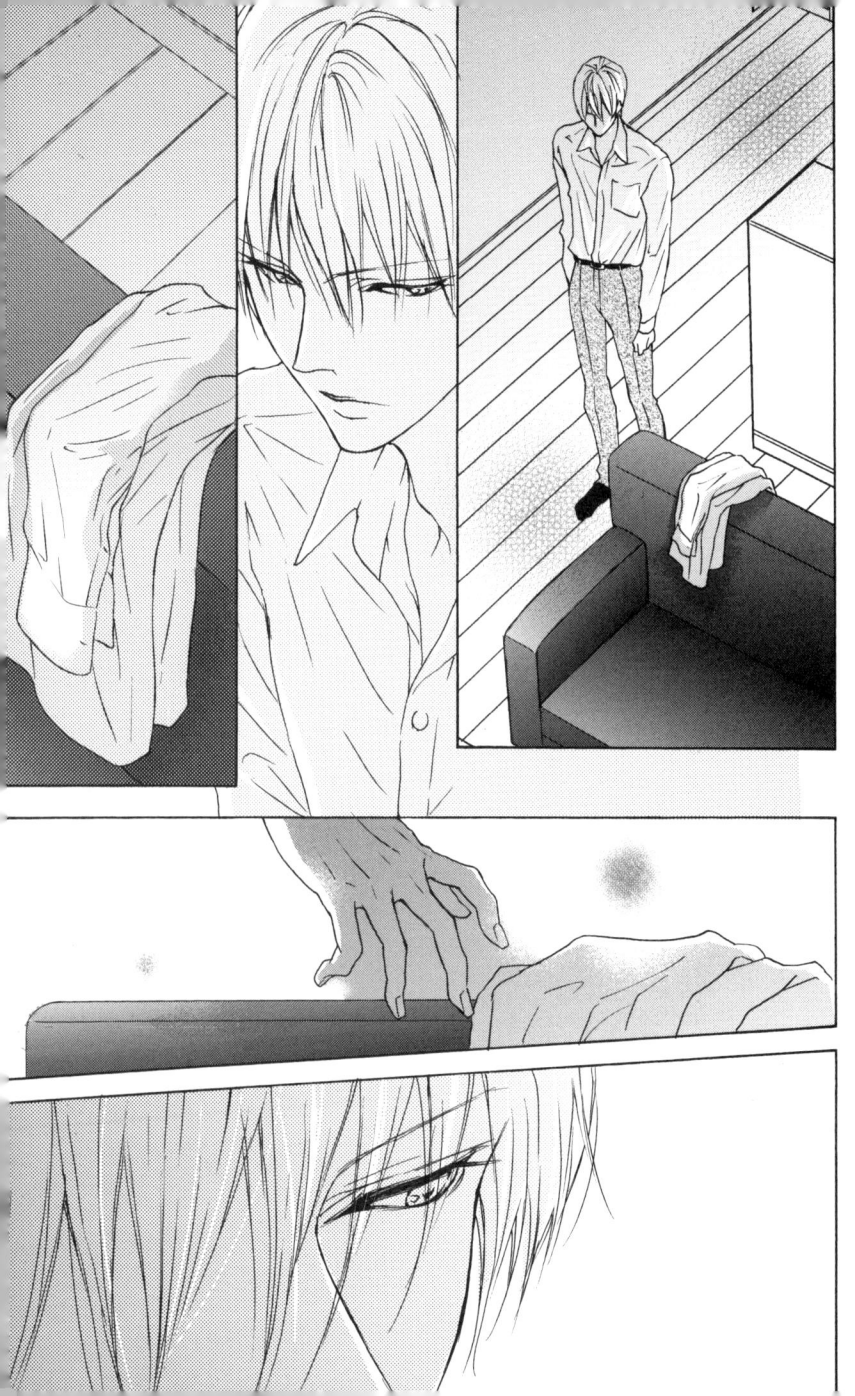

Flopp

Pamm

Spiel 010 – Ende

Spiel 011

Wollen wir ...

... die Nacht nicht auswärts verbringen?

Hä ...?

Genau.

Ich reserviere uns ein gemütliches Zimmer.

Du meinst ...

... in einem Hotel?

Von
mir aus
...

Dann
machen
wir es
so.

Was
soll das
plötz-
lich?

...

Was soll
der plötz-
liche Sinnes-
wandel?

Bis
jetzt
...

...

haben
wir uns
ausschließ-
lich in seiner
oder meiner
Wohnung
getroffen.

»Ah ...«

Zuck
Zuck

»Ah ...!«

Haa!

»Ich steck ihn jetzt rein!«

Fast so ...

»Ah ...!«

... als wären wir ...

... ein Liebes- paar.

Steuerberatung Shiroki

»Ich dachte mir, dass ich so ...

... mal eine andere Seite von dir kennenlernen könnte.«

... wirklich nicht mehr dahinter ...

Wahrscheinlich steckt ...

Oh! Ach so.

Ich gehe grundsätzlich ins Love Hotel*.

Mit der Auserwählten macht man das doch so, oder?

Hä?!

Ins Hotel?

Ernsthaft?

* Stundenhotel für Liebespaare.

Frag mich bitte nicht nach meiner Meinung.

Ja, ja.

Oh, Fuji, du kommst genau richtig!

Hey ihr! Über was unterhaltet ihr euch da mitten in der Firma?

Lasst das!

»Ich reserviere uns ...

Klack

Klack

Klack

Wenn man bedenkt ...

... dass ich mit Kiriyama heimlich Dinge tue, von denen ich keinem Menschen erzählen kann ...

... ist Takahata wohl der Vernünftigere von uns beiden.

... ein gemütliches Zimmer.«

Klack

Klack

»Ins Hotel?«

»Mit der Auserwählten macht man das doch so, oder?«

»Die Auserwählte.«

2011

Ja.

Ich wollte schon immer mal hierher.

Ein schickes Zimmer, oder?

Kachak

Der Aus-
blick bei
Nacht ist
ebenfalls
wunder-
schön.

Nicht
nötig.

Kriee

Ah
°°° !

Danach
...

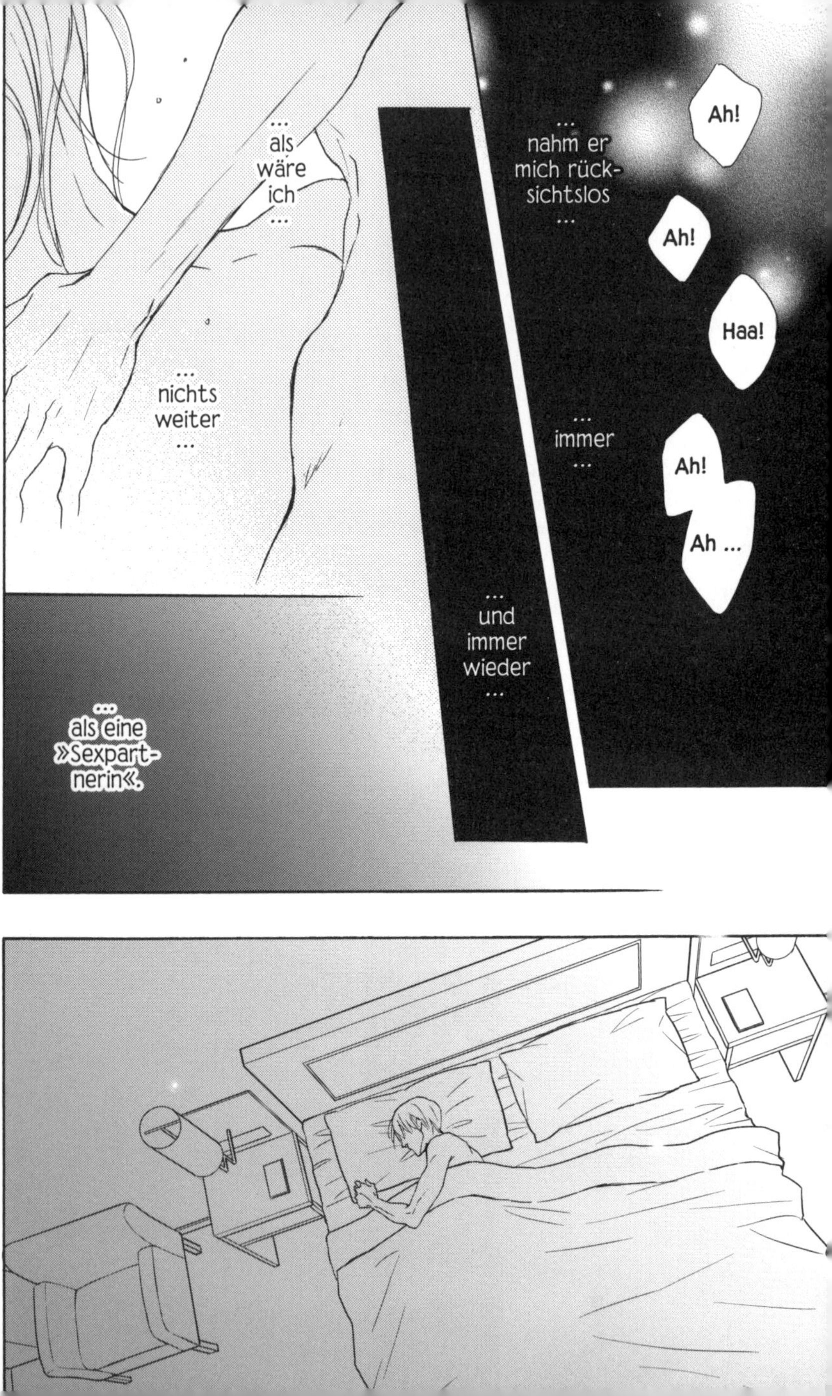

... als wäre ich ...

... nichts weiter ...

... als eine »Sexpartnerin«.

... nahm er mich rücksichtslos ...

Ah!

Ah!

Haa!

... immer ...

Ah!

Ah ...

... und immer wieder ...

Platter

Psscha

Ich
...

...
da etwas
missver-
standen
zu haben.

...
scheine
...

»Mit der
Auserwählten
macht man
das doch so,
oder?«

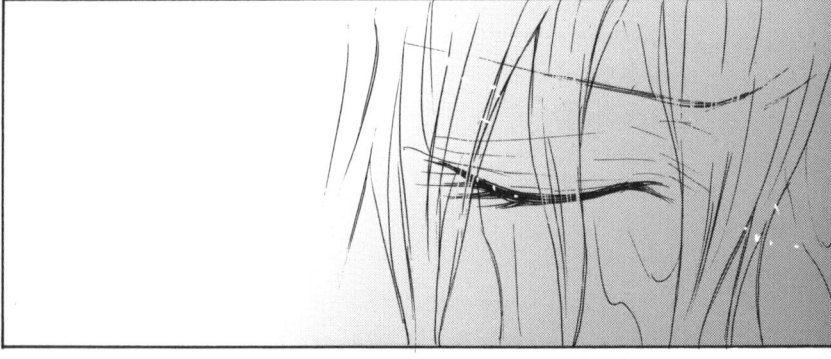

Platter

Spiel 011　Ende

Spiel 012

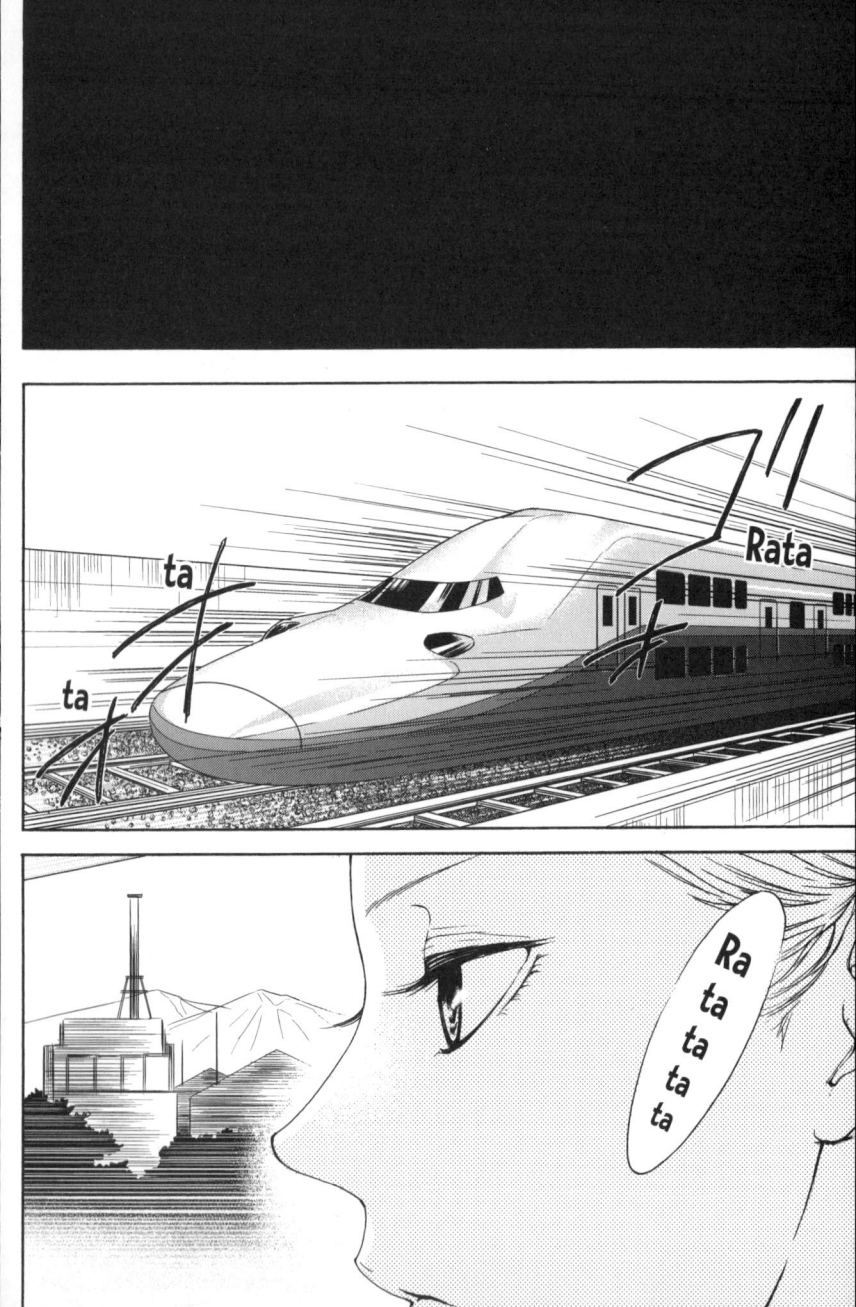

Da sie vom Geschäftsführer eines Finanz- und Steuerbüros, der mit unserem Chef befreundet ist, veranstaltet wird ...

ist es allerdings eher ein freundschaftliches Zusammenkommen.

»Au ...«

»Ah ...!«

... oder bei Mandantenterminen.

Egal ob in der Firma ...

Das macht mich irre. Er benimmt sich wie immer.

Aber ...

... die Einladungen zum Sex, die üblicherweise zwei-, dreimal die Woche kamen, blieben abrupt aus.

Aber er ist auch nur ein Mensch.

Viel- leicht ...

... ist etwas vorge- fallen.

Aber ...

So bruta- ler Sex ...

Kriee

... sieht ihm gar nicht ähnlich.

...
mag ich
momentan
nicht wirklich
mit ihm
reden.

...
um ehr-
lich zu
sein
...

Daher
bin ich
dankbar
...

...
für diese
Fortbil-
dung.

Lärm

Lärm

Frau Fuji, haben Sie einen Moment?

Ja.

Bis dann.

Puh
...

Ich sollte auch mal was essen.

Im Job erfolgreiche Frauen sind wundervoll, oder?

Ja, aber ...

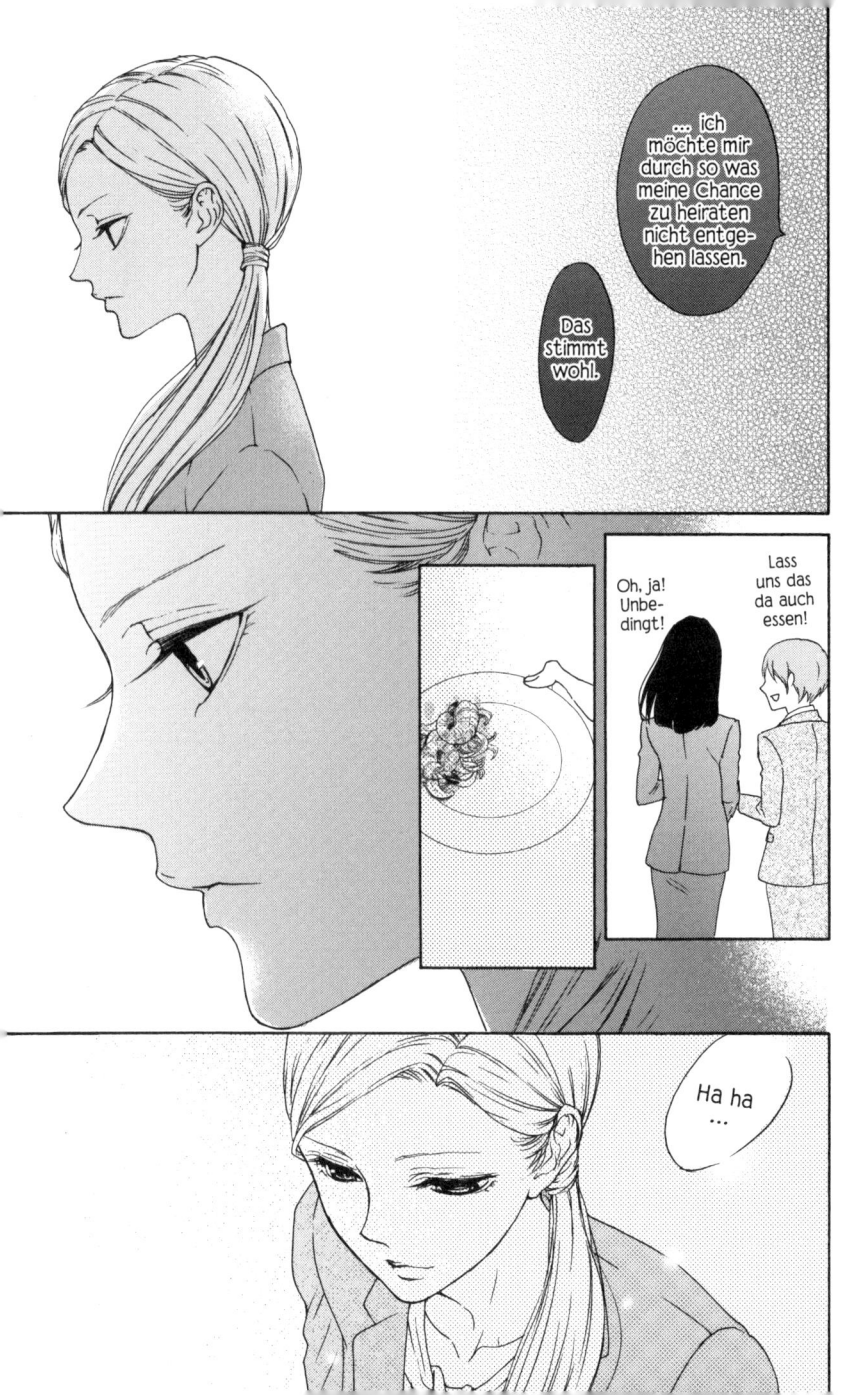

Wenn ich früher ...

... als Mann bezeichnet wurde, habe ich deswegen sogar geweint.

Erstaunlich ...

Es macht mir nicht mehr so viel aus wie früher.

Bitte sehr.

Auch
wenn
...

... es für
ihn nur ein
simples Spiel
sein mag
...

... muss ich
ihm dafür
wohl dankbar
sein, was?

Oh!

Hallo!

Ah!

* Bad.

Guten
Abend.

'n Abend.

Ja,
ja.

Kiriya-
ma im
Yukata
ist so
heiß!

Waah!

Ja, ja,
danke.

Mit offenen
Haaren siehst
du richtig
feminin aus.

Oho!

Du wirkst so
auch ein biss-
chen reifer.

Herr Taka-hata!

Gehen Sie endlich auf Ihr eigenes Zimmer!

Lass mich doch! Lass uns trin-ken!

210

Urgh!

Das reicht jetzt aber wirklich! Uwah!

Raschel

Klack

Du erkäl-
test dich
noch.

Puh
...

...

Ich
wollte
nur etwas
frische Luft
schnap-
pen.

Das war
ermüdend,
nicht?

Ja
...

... gibt es ein Hotel.

Hier in der Nähe ...

Wie wär's?

Es ist lange her ...

Der Sex mit ihm ...

... war ziemlich gut ...

... aber irgend- wie ...

... überwogen die Momen- te, in denen ich Schmerz empfand.

Vielleicht kommt das daher gerade recht ...

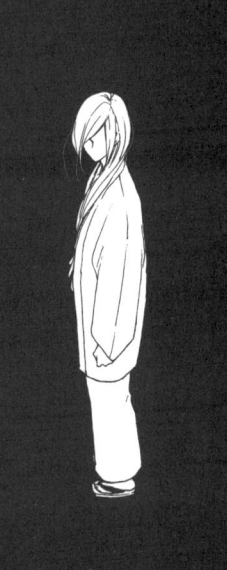

... ist diese Beziehung vorbei.

Wenn dir nach solchem Sex ist ...

Wenn ich das sage ...

...
musst
du dir eine
andere
suchen.

Ah ja ...

Ver-ste-he.

Raschel

Klack

Ich denke, dass ich, so wie ich jetzt bin ...

... nur zu solchem Sex fähig bin.

Klack

Also ...

Klack

(...
wollen
wir es
nicht
been-
den?)

Klack

Er ist wirklich schwer zu durchschauen...

Was ist...?

Was machst du für ein Gesicht?

Das war's dann, oder?

Es hat auf seine Art Spaß gemacht.

Badumm

Badumm

Selbst wenn du dich entschuldigst ...

... denke ich, ich sollte die Beziehung mit dir beenden ...

... und mir eine andere Frau suchen.

Wenn ...

... du meine ehrlichen Gefühle wissen willst ...

...

Aber ...

Das hab ich doch gerade gesagt!

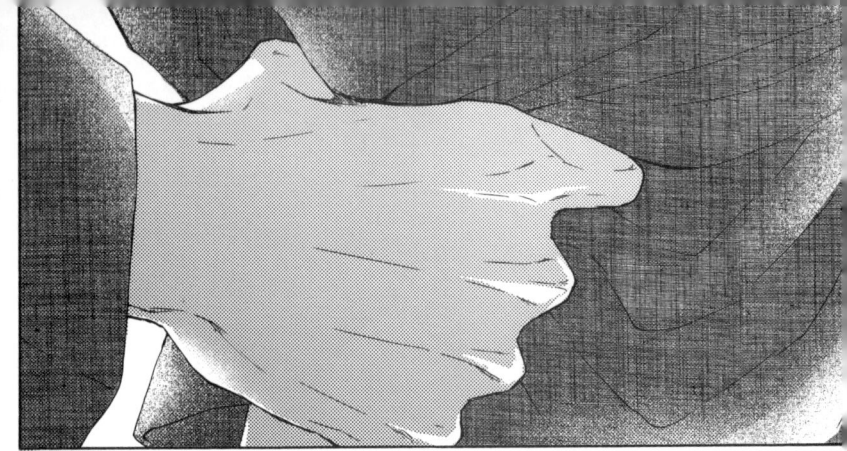

...
ich kann
deine Hand
nicht los-
lassen.

Der Sex mit dir ...

... fühlt sich so gut an.

Er wäre mit nichts anderem zu ersetzen!

Es ist die Wahrheit.

Hey ...

Sag so was Peinliches nicht mit so ernstem Gesicht.

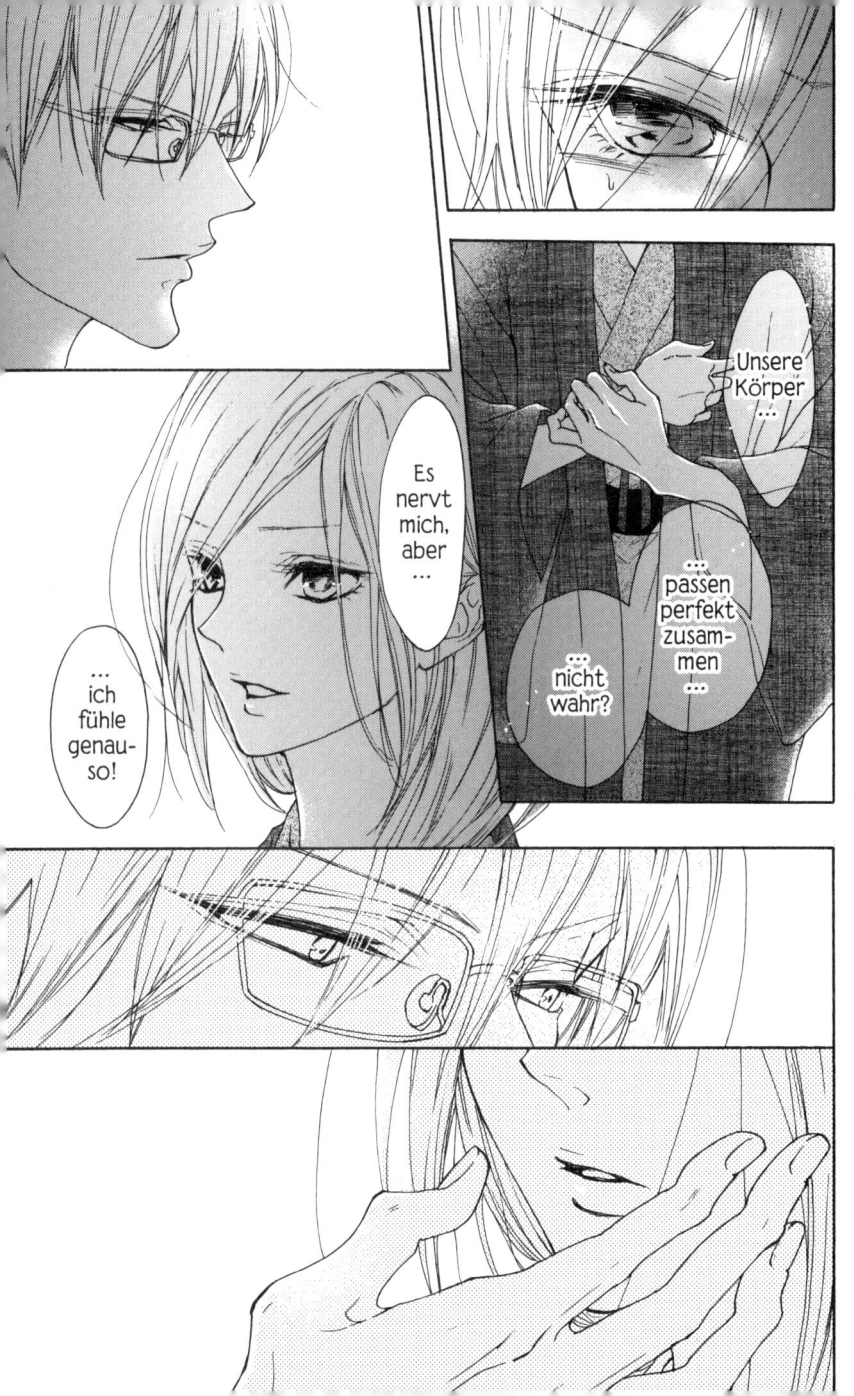

Küss

Und das in deinem Alter.

Beängstigend.

Ha ha...

... wirklich genau, was du tun musst, damit dein Gegenüber glücklich ist.

Du weißt...

Aber ich muss dich dafür tatsächlich mal loben.

Das allein
reicht mir.

Sowohl
er als
auch ich
...

Mittler-
weile
...

... ist es
mir egal,
ob ich ge-
winne oder
verliere.

... lieben
den Körper
des jeweils
anderen. Und
das fühlt sich
gut an.

Spiel 012 – Ende

Spiel 013

Sst

Küss

Ja?

Küss

Kiri-
yama
...

Es gibt
da et-
was, das
ich dir
sagen
will.

Was
denn?

Flomp

... der Sex mit dir gut ist.

... dass ...

Und das, obwohl ich meinte ...

Ganz schön gemein, was du da sagst ...

Musst du gera- de sagen ...

Haa ...

Ich möch- te es mit dir tun, Sayo.

Wenn es/auf- fliegt ...

... habe ich sonst ein Pro- blem.

Außer- dem ...

... ist es nicht so, dass ich ir- gendjeman- dem extra treu bin.

Mist- kerl!

Ach ...

... so.

Ich mache es immer so.

Das werde ich.

Ha ha ...

... haben wir unser beinahe zum Ende gekommenes Spiel neu gestartet.

Auf der Fortbildungsreise neulich ...

Er möchte sich lediglich mit jemandem vereinigen ...

... dessen Körper zu seinem passt.

Und ich möchte mit jemandem zusammen sein, der mich wie eine Frau behandelt und mir so ...

... ein besseres Gefühl gibt.

»Der Sex mit dir ...

... fühlt sich so gut an. Er wäre mit nichts anderem zu ersetzen.«

Das allein ...

... reicht mir momentan.

Morgen!

Morgen, Sayo!

Jetzt, wo du's sagst, stimmt.

Ja.

Sag mal, seine Einarbeitungs-phase neigt sich doch bald dem Ende zu, oder?

Steuerberatung Shiroki

Von einer Vorgesetzten anerkannt zu werden, die ich respektiere

...macht mich nur sehr glücklich.

Das ist das erste Mal, dass er seinem Alter entsprechend wirkt!

Du hegst also Respekt für mich?

Ja.

Ehrlich gesagt, gab es wenig, was ich über meine Aufgaben lernen musste.

Ja, das stimmt.

Aber vor deiner Art, ganz in der Arbeit aufzugehen ...

... habe ich größten Respekt, Sayo.

Ich hätte nie gedacht, dass ich von dir mal solche Worte hören würde.

In dem Fall zweifelst du meine Worte also nicht an, was?

Nein, ich glaube dir.

Aus irgendeinem Grund ...

Kiri-
yama?

Du
aber
auch!

Du
siehst im-
mer noch
genauso
gut aus.

Ja.

Arbei-
test du
gerade?

Nur
etwas
älter!

Ah
...

Haya-
kawa
...

Lange
nicht
gese-
hen.

Bis
bald.

Na,
dann geh
ich mal
weiter.

Ja,
ja.

Ich
muss
mal,
Ma-
ma!

Ja.

Das
müssen
gut drei
Jahre
sein,
oder?

Wie
geht's
dir?

Mal sehen ...

Ver- stehe ...

Na ja, dass du so was an- bietest, wird sicher nicht oft vor- kommen ...

... also nutze ich das mal aus und tue nach Herzenslust, wonach mir ist.

Dann gib mir als Erstes mal deinen Gürtel.

Klick

Klick

Als Nächs- tes ...

Hm, heute nicht ...

Sayo ... wie wär's mit einer Dusche?

Ver- stan- den.

... es mit ihm zu tun.

Bis
jetzt
ist er
...

Ich
hatte
Spaß
...

ME

arina Hasebe: Ich
nach all der Zeit
nicht gedacht,
sehen. Wann
enn treffen

»Ah
Haya-
kawa
…

Lange
nicht ge-
sehen.«

ぼすっ
Flomp

Spiel 013 – Ende

Es gibt nichts
Amüsanteres
als Sex.

Es gibt
nichts
...

... bei dem
ich mich
lebendiger
fühle als
beim
Sex.

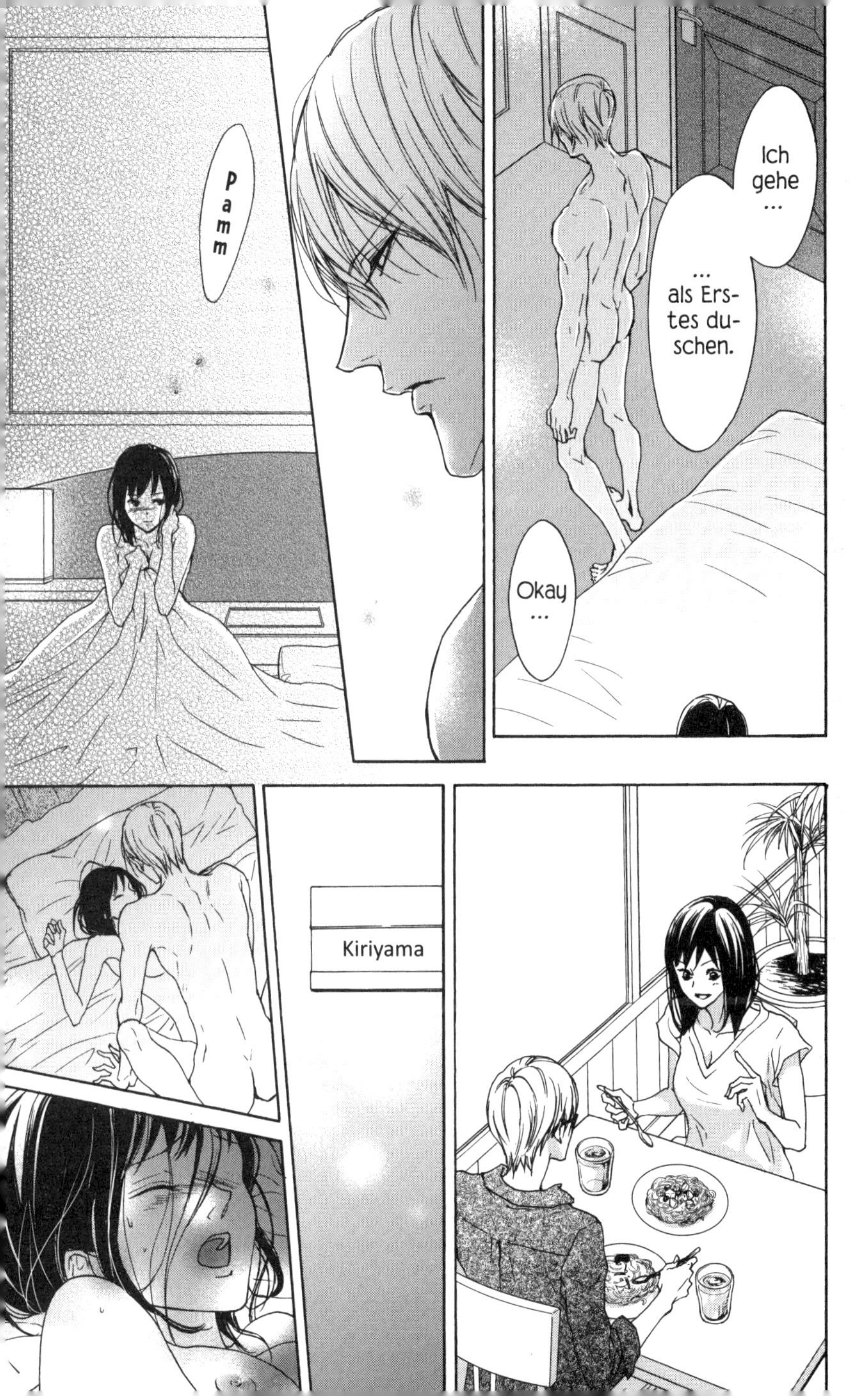
Ich gehe ...
... als Erstes duschen.
Okay ...
Pamm
Kiriyama

Hä?
Wir haben am Anfang darüber gesprochen.
Es geht nur um Sex.
Wir waren beide ...
... damit einverstanden.
Äh ...
J...
Ja ...
... aber ...

Nur Sex?
Genau!
Ich hab von der Freundin einer Freundin gehört ...
... dass der Sex mit dir unglaublich gut sein soll, Kiriyama!
Das Mädel wollte dann aber was Ernsteres, nicht wahr?
Ich hab gehört, deswegen hast du dich von ihr getrennt ...
... und suchst jetzt eine Sexfreundin?
Wie wär's mit mir?
Ich mag Sex!
Von mir aus.
H...
Hattest du ...
... nicht auch ein wenig Herzklopfen ...
... u...
... und fandest du den Sex mit mir nicht besser als mit anderen Frauen?
Ich fand ihn jedenfalls total ...
Tapp
とん

... suche ich ja nach einer geeigneten Partnerin.
Hä?!
Du willst Steuerberater werden?!

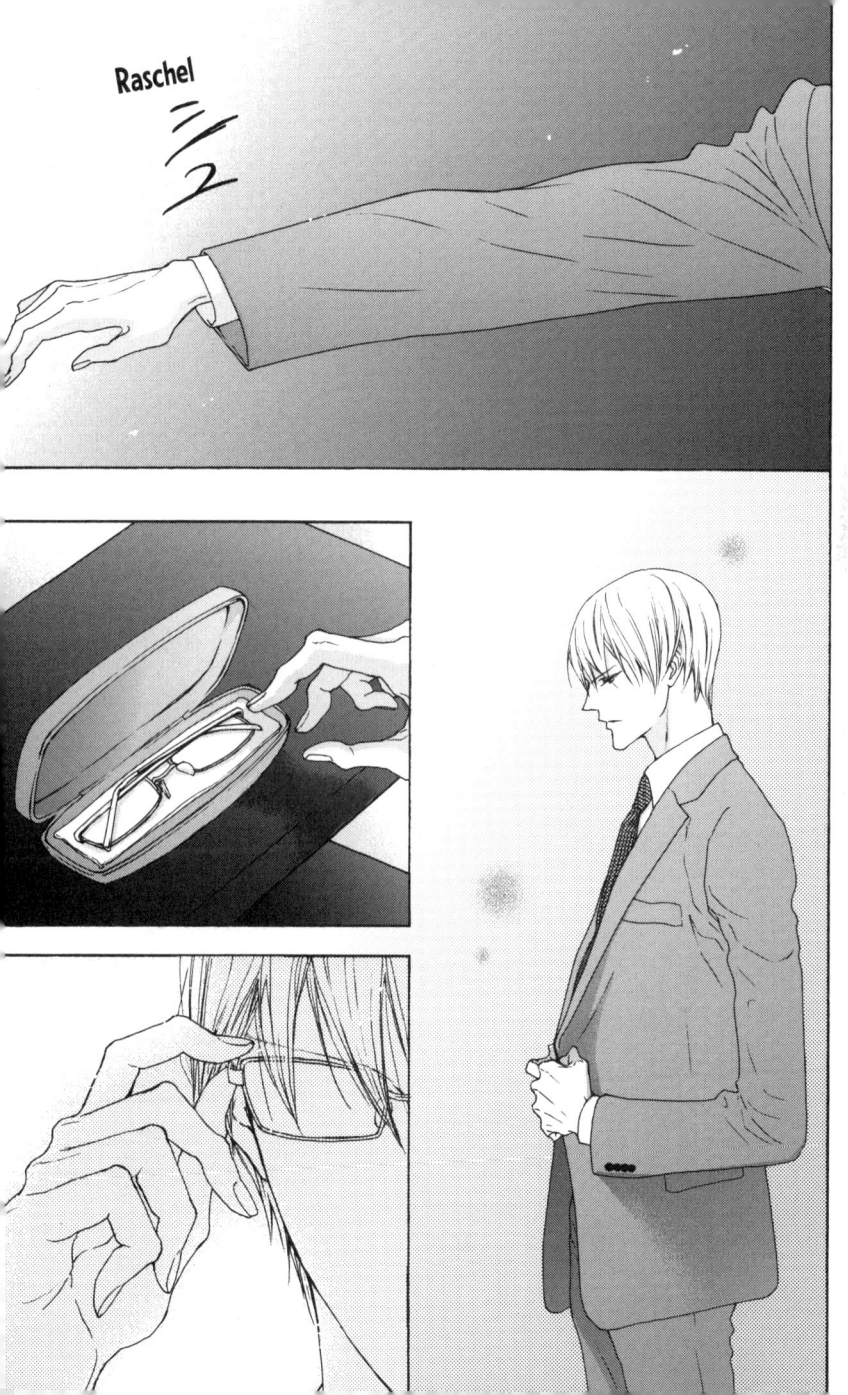

Raschel

Diese beiden fangen heute bei uns an.

Darf ich vorstellen?

Steuerberatung Shiroki

Mein Name ist Fuji und ich werde Sie einarbeiten, Herr Kiriyama.

Es freut mich.

Steuerberatung Shiroki
Steuerberaterin
Sayo Fuji

Auf gute Zusammenarbeit.

Ja.

Für mich gibt es nichts Interessanteres als Sex.

Extra Ende

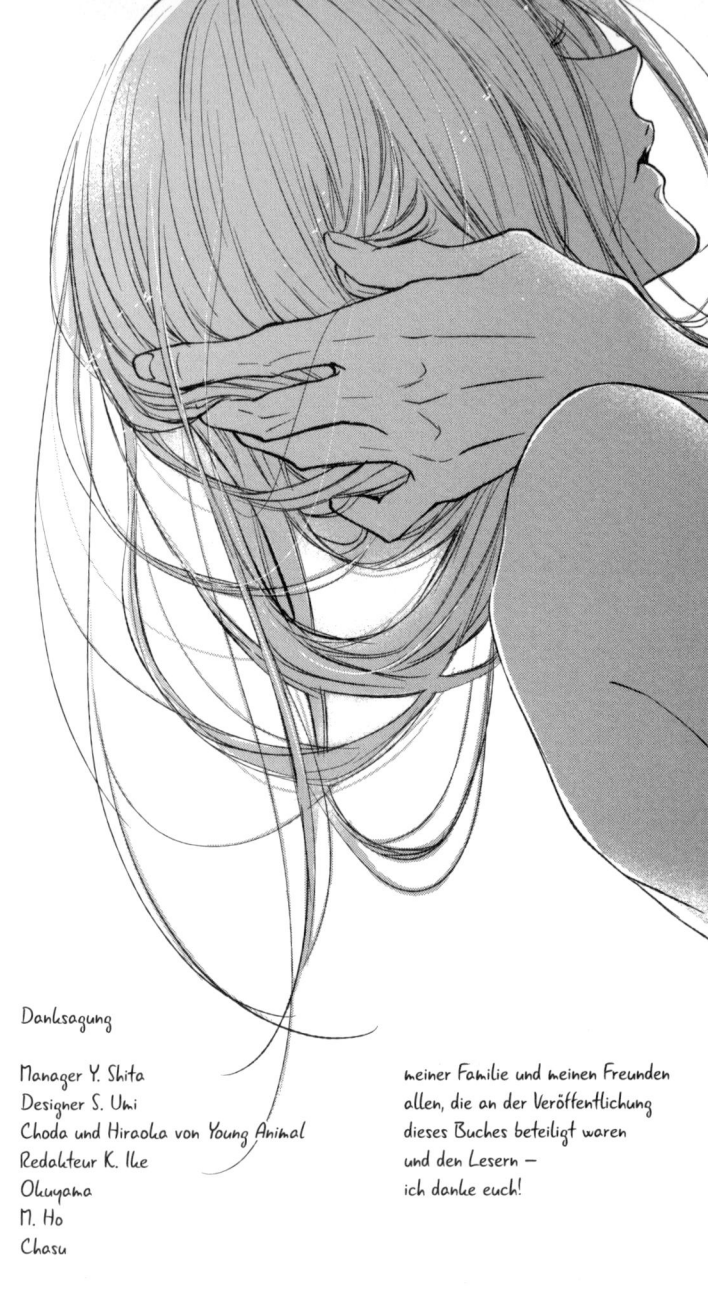

Danksagung

Manager Y. Shita
Designer S. Uni
Choda und Hiraoka von Young Animal
Redakteur K. Ike
Okuyama
M. Ho
Chasu

meiner Familie und meinen Freunden
allen, die an der Veröffentlichung
dieses Buches beteiligt waren
und den Lesern —
ich danke euch!

Nachwort

Hallöchen, hier ist Mai Nishikata!

Vielen Dank, dass ihr bis zum dritten Band gelesen habt.
Das im letzten Teil des Bandes eingefügte Extra wurde im
Jugendmagazin *Young Animal Arashi* veröffentlicht. Als ich
darum gebeten wurde, befand ich mich noch in der »Eine
solche Story wird veröffentlicht?!«-Phase und war sehr
glücklich und überrascht. Ich hatte richtig Herzklopfen.
Nachdem ich den Hörer aufgelegt hatte, dachte ich mir, dass für
die *Animal* eine männliche Perspektive das Richtige wäre
und ich entsprechend vielleicht eine Story aus Kiriyamas
Studienzeit erzählen sollte, und — booooooooooom — kamen
die Bilder wie von selbst geflogen und das Storyboard war
an einem Abend fertig.
Und es wurde fast genauso veröffentlicht. Das hat mich
sehr gefreut.
Hat es euch Spaß gemacht?
Mit diesen Gefühlen zeichne ich weiter an *Game* und bin
überaus dankbar, dass ihr weiterlest. Zwischen den beiden
herrscht noch ein frustrierendes Gefühl der Distanz, aber nach
und nach ... Ich würde mich freuen, wenn ihr auch weiterhin
dabei seid.
Ich hoffe, dass wir uns auch im vierten Band wiedersehen!

Juli 2017, Nishikata

altraverse

Deutsche Ausgabe / German Edition
Altraverse GmbH – Hamburg 2021
Aus dem Japanischen von Iga Handtke

GAME - SUITS NO SUKIMA - by Mai Nishikata
© Mai Nishikata 2017
All rights reserved.
First published in Japan in 2017 by HAKUSENSHA, Inc., Tokyo.
German language translation rights arranged with HAKUSENSHA, Inc., Tokyo
through Tuttle-Mori Agency, Inc.

Redaktion: Katrin Aust
Herstellung: Jacqueline Bradtke
Lettering: Vibrant Publishing Studio

Druck: CPI books GmbH, Leck
Printed in Germany

MIX
Papier
FSC FSC® C083411

Alle deutschen Rechte vorbehalten.
ISBN 978-3-96358-056-7
2. Auflage 2021

www.altraverse.de